Perfect Peace

いのちのみなもと

中富清子

変化は　ゆっくり　おきる
それは　すべてをつつみ
とかしつつ　すすむ
そして　あっという間に
根こそぎかえてしまう
何もかも…
そうして　地球の夜明けは　おこる
やがて　それは
世界を　おおいつくすだろう

未来の　青い音のふうせんを
ふくらませよう
波動の池をつくろう
それは　ほほえみと　すなおさと
慈悲の　波動
未来の　地球のいしずえの音

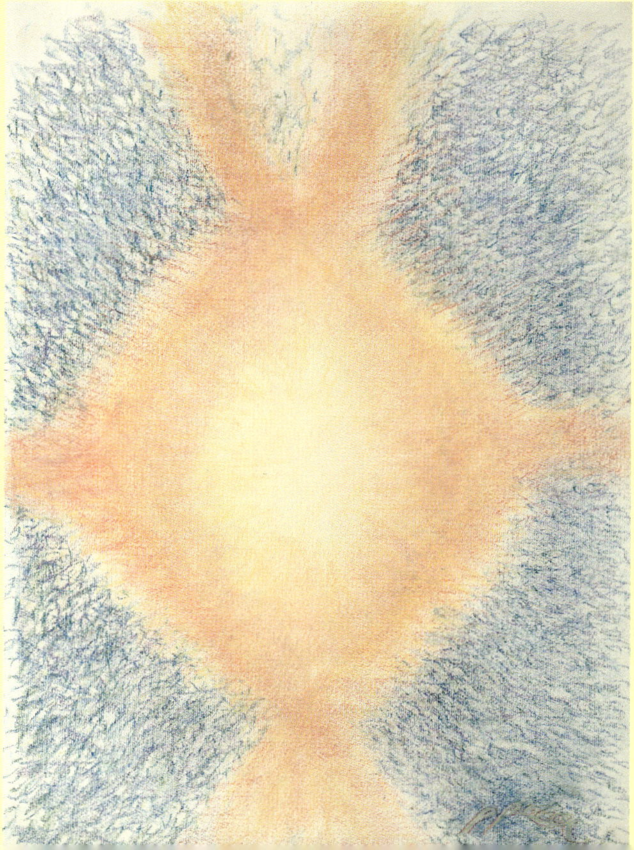

太陽から　あたたかい風がふいてくる
あたり一面　光のうずにまきこまれた
風は　愛を運んでくる
人や植物・動物を　育て
昼と夜とを　分けている

光のなかで　人は生き
愛を育くみ　成長する
地球は　光の海
太陽の風のふく海なのだ

いのちの源は　うすいブルーの慈悲の海
そこは　すべてのいのちの　ふるさと
すべてのいのちの　根源のいしき
おかあさんの　やすらぎの波動
そして　そこから　できる　ほほえみの波動が
ほんとうは　最も　しずかで　美しい音
その音が　すべての　星・銀河・そして
宇宙全体を　結婚させているんだ
そのうすいブルーの　くもの糸でね

ほんの小さな愛の印
とりのさえずりや　水面にうつる光の影
木々の　こそこそ話
それらが　つみかさなって
大きな慈悲になる
小さな　愛のかけらこそが
ほんとうに　大切な　心の
ほほえみを　おしえてくれる

時がたち　年をとっても
かわらないものがある
それは　いのちの源へ
向かう目である
それはたえず　見つづけている
いのちの源へ　帰る道を
はるか　かなたに　見すえている
ずっと　ずっと　それへと
進んでいくが　それには
終わりがない
いつまでも　いつまでも　つづいている
永遠の目が　そこにはある
いのちの源へと　向かう目が…

ふたつの波動の間にある空間

ふたつの波動の完全な調和

光と闇とが　ひとつになるとき

おとずれる平和が

愛の本質である

その空間には　音がない

しかし　すべての音は

そこから　生まれてくる

すべての波動の母なる空間である

そこが　愛の本質であり

愛のふるさとである

宇宙の魂が我々と共にある
いつも　我々を　見守りつづけるそれは
父のような　味方
宇宙はたえずあらゆる星・惑星・銀河を　見守っている
人や　あらゆる生きもの　雲も
必要でない生きものはひとつもない
すべての生は宇宙にとって
大切なことだ
なぜなら　すべての生は
宇宙の過程の一部だからだ
いずれ宇宙に吸収される構成の
一部なのだから

音楽をきいているとき　時々　他の
何もかもが　ひとつにまとまるときがある
考えや感情がきえて　心の中に
愛の目が　見える瞬間がある
燃える車輪のように回っている
それは　私から他のいっさいを
無に帰させ　その炎の他は
どうでもいいとさえ　思わせる
その中には　演奏する側も聞く側も
区別がなくなり　その炎の目しかない
そんなとき　私は　これこそが
音楽の真実だと　思い
その燃える炎の中でしか
真実は生きていないことを知る
その炎は　個々の人間の肉体を越え
時間も距離もない
ただひとつの神　音楽の大いなる
意味は　その目的は
ただひとつにすることだけだ

太陽を昇らせている魂を
地上のすみずみにまで
ゆきわたらせることが
我々の生涯のつとめである
太陽のように　深い慈悲の
燃える海の中で
すべてが　とけあう
区別がなくなる　人と自分と
そして　宇宙との
それを　待ちのぞんでいる
それに　願いをかける
その願いの光を　宇宙のはるか
魂のふるさとに　とばして
こちらへ　協力光がくるのを
待ちわびるとしよう　perfect peace

色彩はひとつの円　ひとつのサイクル
その段階的な　無限性から言って
音楽　音階に　等しい
そこには　秩序がある　共鳴がある
シンコペーションがある
調和がある　優しさがある
元来それには　古くなるための
新しさはない　あるのはただ
永遠を形づくる行為だけだ
色彩と音とは　時に同時に発光する
時がある　明るく燃える人間の心に
光をともす　人間の生活のエッセンス
とも言える　色彩の中で最も深く
つらぬいている色　それは
太陽の色である
それは　あらゆるものに浸透していて
それゆえに　生きた命を与えている
母のように…

郵便はがき

恐縮ですが
切手を貼っ
てお出しく
ださい

160-0022

東京都新宿区
新宿１－10－１
(株) 文芸社
ご愛読者カード係行

書　名			
お買上 書店名	都道府県　市区郡　書店		
ふりがな お名前		明治 大正 昭和　年生　歳	
ふりがな ご住所	□□□-□□□□	性別 男・女	
お電話 番　号	(書籍ご注文の際に必要です)	ご職業	

お買い求めの動機
1. 書店店頭で見て　2. 小社の目録を見て　3. 人にすすめられて
4. 新聞広告、雑誌記事、書評を見て(新聞、雑誌名　　)

上の質問に１. と答えられた方の直接的な動機
1. タイトル　2. 著者　3. 目次　4. カバーデザイン　5. 帯　6. その他(　　)

ご購読新聞　　新聞	ご購読雑誌

文芸社の本をお買い求めいただき誠にありがとうございます。この愛読者カードは今後の小社出版の企画およびイベント等の資料として役立たせていただきます。

本書についてのご意見、ご感想をお聞かせください。

① 内容について

② カバー、タイトルについて

今後、とりあげてほしいテーマを掲げてください。

最近読んでおもしろかった本と、その理由をお聞かせください。

ご自分の研究成果やお考えを出版してみたいというお気持ちはありますか。

ある　　ない　　内容・テーマ（　　　　　　　　　　）

「ある」場合、小社から出版のご案内を希望されますか。

する　　しない

ご協力ありがとうございました。

〈ブックサービスのご案内〉

小社では、書籍の直接販売を料金着払いの宅急便サービスにて承っております。ご購入希望がございましたら下の欄に書名と冊数をお書きの上ご返送ください。（送料１回210円）

ご注文書名	冊数	ご注文書名	冊数
	冊		冊
	冊		冊

地上には　いつも光の雨がふりそそいでいる
雨は　すべてを　洗い流す
地上をいつも　新しくする
人の心の内の涙をも　払いおとして
ほほえみを　とりもどさせてくれる
明日　地球は　いい風がふくよ
宇宙の祝福の風がふくよ
これからみんなでその風をつくり出そう
みんなの血の中には
宇宙の種がはいっている
それを　とり出して　さあ息をふきかけよう
それは　芽ばえ　成長する
ぐんぐんのびて　地球上のすべてを
おおいつくすだろう
明日　それは　実現する
それから　思いっきり　うたおう
みんなのために
そして　父なる　宇宙のために
心はいつでも　宇宙に　かえる
父のふところに　かえる

自由に　生きよう
自由のなかからこそ
新しいものが　生まれてくるのだから

空《から》の空間をつくりだそう
そこに　いのちがあるのだから

いつも　はじめに　もどろう
かつて　いちばんはじめに
いたところに　帰ろう

やすらぐはどうをみつけたら
まず　それと　ひとつに　なること
そして　そのなかから　生まれてくる
感覚を　大事にすること
それは　大自然が　くれた
おくりものだから
宇宙はひとつだというDNAは
すでに　私たちのなかに　くみこまれている
ひとつになったときに
発動するように　生命《いのち》はうまれているから
そのときがきたら　心から　よろこぼう
いのちの源に
感謝のきもちを
ささげよう
いのちの源は私たちの母だから

未来の子ども達と　子どもの心をもった大人達へ

perfect peaceというのは、私の魂の名前です。

中富清子というのは、たかだか80年くらいで終わりですが、この魂の名前は私が生まれる前からあり、また死んでからもずっと生きつづけます。魂として…

この名前はその魂の生きる目的を表わしていて、その意味は“全的な理解”とそして“大いなる安らぎ”です。全てを理解するにはあと30億年くらいかかるかもしれません。

私がこれらの詩で言いたかったことは、祈りや願うだけでなく、実行（表現）することが大切だということです。なぜなら、ゆがんだ教育や価値観そして虐待などから、本来の自分自身をとりもどすためには“自分自身を表現する”こと以外にはないからです。

みなさんも内なる波動をきいて、それを実現してください。

著者プロフィール

中富 清子（なかとみ きよこ）

福岡県出身。
絵と詩で、「いのちの尊さ」を発信中。

Perfect Peace いのちのみなもと

2002年10月15日　初版第１刷発行

著　者　中富 清子
発行者　瓜谷 綱延
発行所　株式会社 文芸社
〒160-0022　東京都新宿区新宿1-10-1
電話　03-5369-3060（編集）
　　　03-5369-2299（販売）
振替　00190-8-728265

印刷所　株式会社 フクイン

ISBN4-8355-4470-6 C0092